Fix it!

¡A reparar!

illustrated by Georgie Birkett

Ilustrado por Georgie Birkett

Oh dear! Are all
these toys broken?

¡Ay, cielos! ¿Están todos
estos juguetes rotos?

Oh no! Look at my teddy.
Can you fix it?

¡Oh, no! Mira mi osito.
¿Puedes repararlo?

All charged up.
Will my robot work now?

Ya tiene pilas.
¿Funcionará ahora mi robot?

Wheel repair!
I'll use my screwdriver.

¡Reparación de ruedas!
Usaré mi destornillador.

Should I stick this lid
with the tape?

¿Debo pegar la tapa
con esta cinta adhesiva?

There we are,
as good as new!

¡Vaya, como si fuese nuevo!

They're all fixed.
Where can I put them?

Están todos reparados.
¿Dónde puedo ponerlos?

Let's build a toy box. Can I help?

Vamos a construir una caja de juguetes. ¿Puedo ayudar?

Do you think we've forgotten anything?

¿Crees que nos hemos olvidado de algo?

We need more paint.
I'd like this one.

Necesitamos más pintura.
Me gusta ésta.

We need to cut the wood
to the right length.

Hay que cortar la madera
a la medida correcta.

Should I cut this piece with my saw?

¿Debo cortar esta pieza con mi serrucho?

I'll measure this.
Is it one of the sides?

Yo mediré esto.
¿Es éste uno de los lados?

We need two of each.
Do they match?

Necesitamos dos de cada.
¿Son iguales?

My head hurts! Why is the drill so noisy?

¡Me duele la cabeza! ¿Por qué hace tanto ruido el taladro?

My drill is much better.
It's very quiet!

Mi taladro es mucho mejor.
¡No hace ruido!

How many nails do we need? Be careful!

¿Cuántos clavos necesitamos? ¡Ten cuidado!

I don't want
to hit my fingers.

No quiero darme en los dedos.

Let's put this on. Is it one of your old shirts?

Vamos a ponerte esto. ¿Es una de tus camisas viejas?

This roller makes
it easy to paint.

Con este rodillo
se pinta fácilmente.

Are there any other
shapes to paint?

¿Hay algunas otras
formas para pintar?

How long will
the paint take to dry?

¿Cuánto tardará
en secarse la pintura?

A new toy box for all
my toys. Great job!

Una caja nueva para
mis juguetes. ¡Buen trabajo!